媽媽和我一起，

誕生了。

寶寶眼中的媽媽圖鑑

權廷玟——繪著

尹嘉玄——譯

長相

出生後初次見到的母親，
和我在她肚子裡時想像中的模樣相距甚遠。
她的臉好腫，卻歪頭探腦地看著我，
說我的臉怎麼那麼紅、那麼皺。

直到她出生滿百日前，
一直都是呈現這種臉。
有好長一段時間
還不知道如何睜眼。

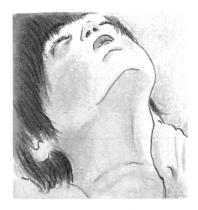

我的媽媽，
她沒事吧？

身體結構與功能

媽媽身上的每個部位都有許多用處，
可以彎曲伸直，高高低低，上上下下，正正反反。
早上是我的床，晚上又能一秒變飛機，簡直萬能。

手

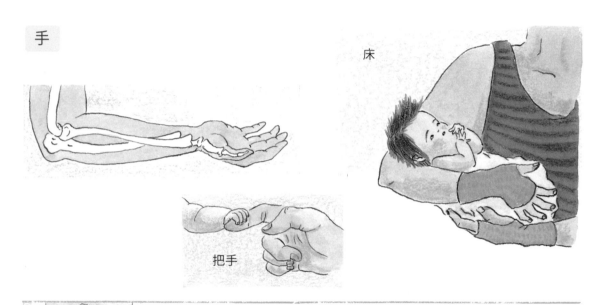

床

把手

腳

沙發

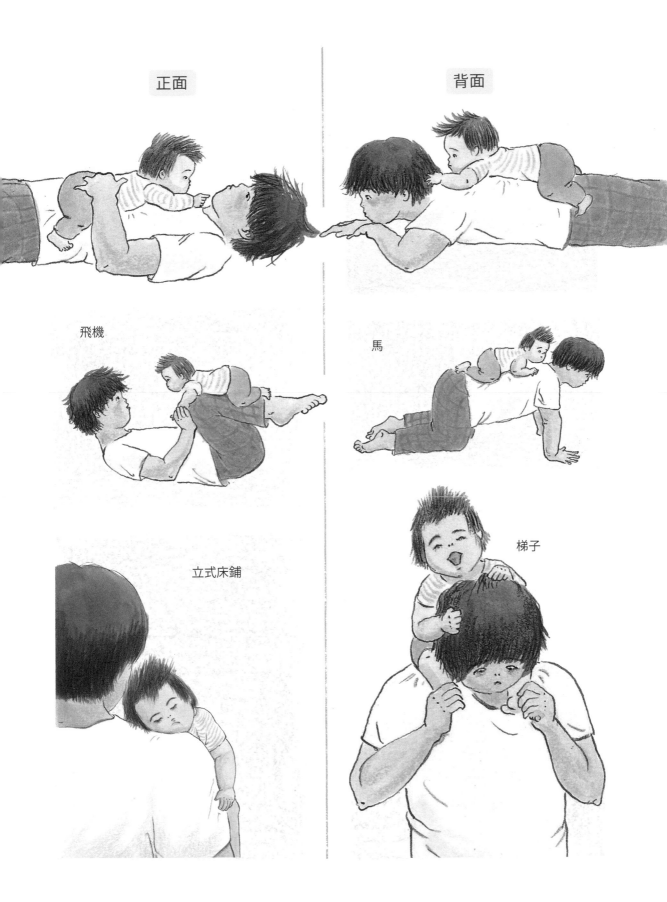

正面

背面

飛機

馬

立式床鋪

梯子

身體變化

自從她成為母親以後，身體就出現許多變化。
手指和手腕的粗細、手臂的肌肉，都有了改變。

手部變化

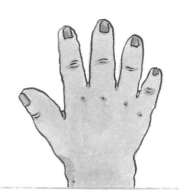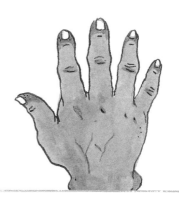

懷我之前　　　　　　　　懷我的時候　　　　　　　　生完我以後

手臂變化

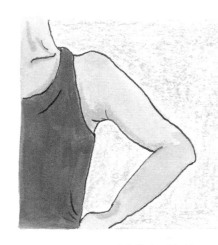

因為經常使用手臂，所以也擁有了超帥的手臂肌肉。

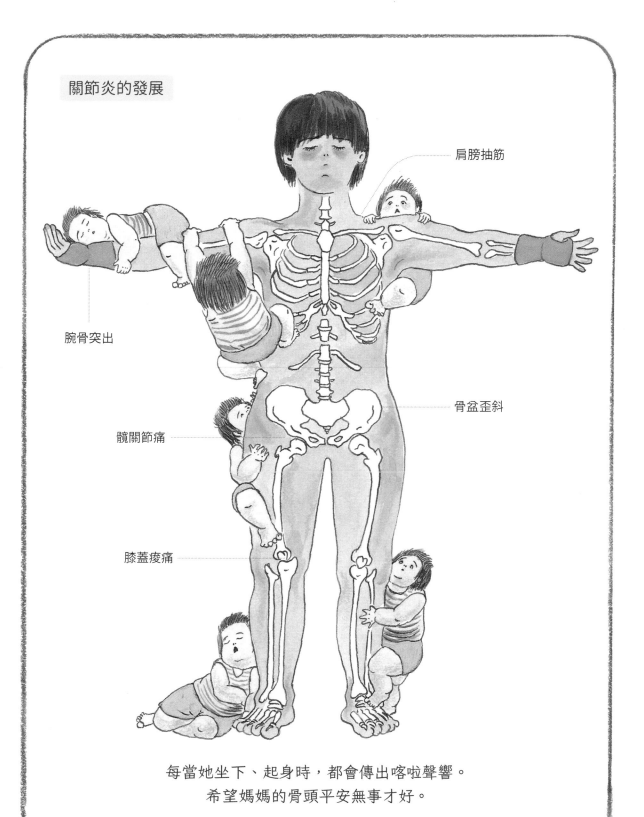

關節炎的發展

肩膀抽筋

腕骨突出

骨盆歪斜

髖關節痛

膝蓋痠痛

每當她坐下、起身時，都會傳出喀啦聲響。
希望媽媽的骨頭平安無事才好。

進食活動

對媽媽來說，吃飯是無比重要的事情，
一天當中有絕大部分時間都花在吃飯上。

問題是媽媽的心情
會隨著我的食量起起伏伏，
我吃得好，她彷彿置身在天堂；
我吃得不好，她瞬間落入地獄。

我希望她不要太執著於我的飯飯，
因為我都會自己拿捏需要攝取的分量，
希望媽媽也可以像我一樣。

睡眠活動

媽媽會不分時間、不分地點，
隨時斷電睡著。
每次都是我先起床叫醒她，
要是遇到怎麼叫都叫不醒的時候，
那就放著讓她繼續睡吧。
畢竟還是要培養她自行醒來的能力。

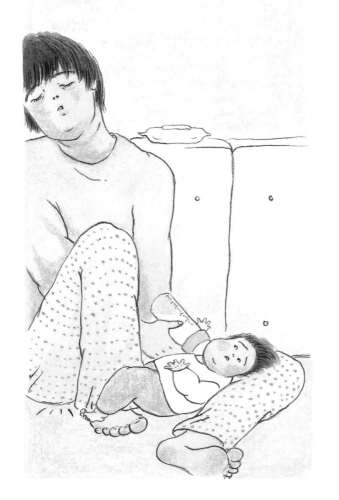

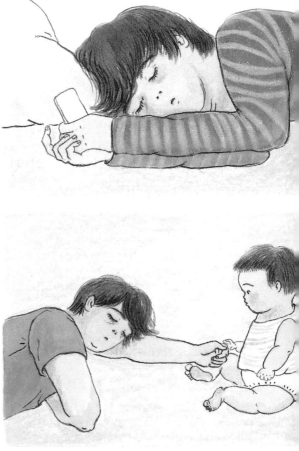

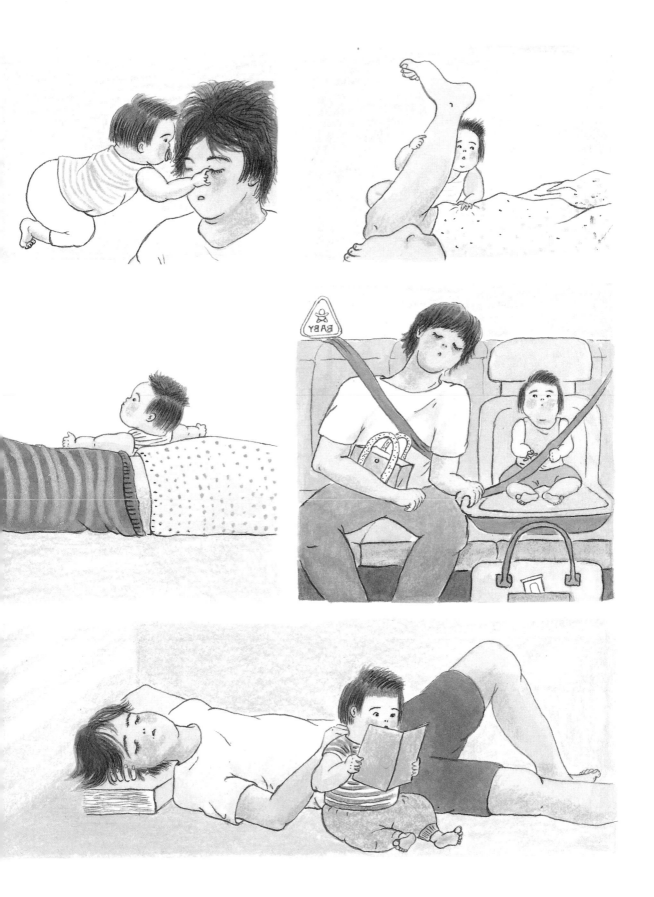

排便活動

媽媽一天24小時都想和我黏在一起，
就連非常私密的事情也都要帶著我一起。

在她滿百日前，我都要跟著一起進廁所。

滿百日後只要陪她到廁所門口就好。

等到媽媽再長大一點，會和我同時一起排便。

完全長大的媽媽終於會獨自排便。
就算廁所門關著，也要相信她，耐心地等待她。

身體活動 | 等她滿百日之後，就會變得片刻都不能好好待著，可把我給煩死了。

若我好不容易趴著抬起頭，她就會趴在我對面看著我。

若我好不容易坐起身，她就會試著扶我站立。

若我好不容易向前跨一步，她就會向後退兩步。

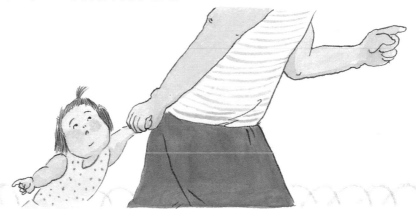

若我開始會自己走路，他就會拖著我去她自己想去的地方。

只要我一個不留神，她就會自己走掉，所以一定要多加注意。
媽媽也應該要學習如何耐心等待才對。

反應速度

不論時間多晚，只要我一喊，
媽媽就會一個箭步馬上飛奔過來。
她的身手很敏捷，耳朵也很靈敏。

在我所知的動物裡，她是跑最快的。
但是自某一刻起，她開始變得愈來愈慢。

等她滿六個月以後，不論我多麼大聲呼喊，
她都要先把手邊的事情做完，才肯回頭看我，
這個人對我真是愈來愈沒禮貌。

媽媽的心情

比媽媽的身體狀況更重要的是，
她的心情。
只要透過肢體動作、表情、嗓音、
眼神等，觀察她、記住她的狀態，
不論多難搞的媽媽都能處得很好。

活潑
表示身體已經充飽電

開朗
表示只要有我就足夠

呆滯
表示連自己是誰都不知道

憂鬱
表示什麼事情都不想做

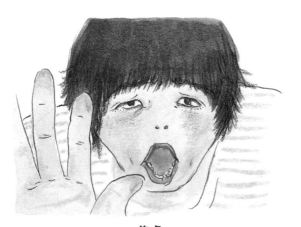

焦慮
表示一切都令她感到擔心

大事不妙
表示要我緊緊抱住她

旺盛的好奇心

媽媽開始對許多事情感到好奇，
因為她想要了解關於我的一切。
就算我不回答，她也會繼續追問。

為什麼
不大便？

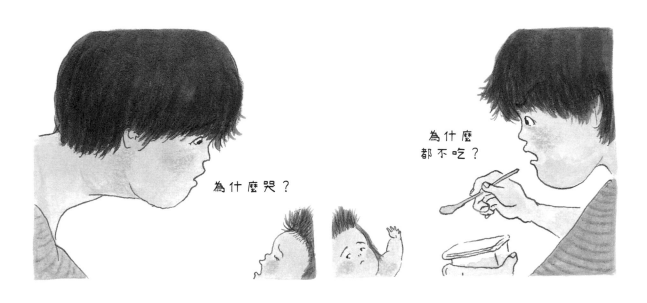

為什麼哭？

為什麼
都不吃？

怎麼還不睡？

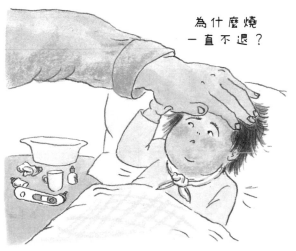

為什麼燒
一直不退？

妳怎麼了？

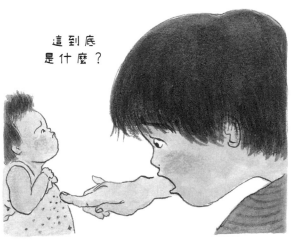

這到底
是什麼？

媽媽的紙箱

自從她成為媽媽以後，
每天都有源源不絕的包裹送來家裡。
難道是一直有人送禮物給她？

媽媽拿出新禮物仔細端詳，
我也要從裡面找一個自己喜歡的東西，
畢竟我和她的品味不太一樣。

躲貓貓

媽媽喜歡跟我玩躲貓貓，
有時候會躲在我找不到的地方，
把自己藏得好好的。

找不到媽媽時，
不妨試著裝傻，
只要等一會兒，
她就會大聲地喊著
妳的名字出現了。

媽媽的研究

媽媽有時會坐在書桌前，
感覺是在進行某項很重要的研究。

她愈是認真研究，神色就愈顯凝重，
不論我多麼苦苦哀求一起玩，她也無動於衷。
這件事竟然比我還重要，到底是在研究什麼？

媽媽的包包

媽媽喜歡用大包包，
因為她會把所有東西統統帶出門。

不過，由於媽媽帶的全是我的所有物，
所以緊急時刻還要把我的東西借給她用。
今天也是未經同意就擅自用了我的乳液，
拜託媽媽，我希望妳可以先帶齊自己的東西。

媽媽的媽媽

只要見到阿嬤，媽媽的吃飯速度就會變慢，和我單獨在一起時截然不同。

然後她會像個嬰兒一樣，整日昏睡。

有時我會默默觀察晚上的媽媽。

媽媽究竟從哪裡來、如何遇見我，
這些問題都尚未證實。
她有時像來自其他星球的外星人，有時也很像可怕的巫婆；
有時像美麗的公主，有時又很像爆發的火山。

媽媽的真實身分究竟是什麼？
繼續研究下去總有一天會水落石出吧？

媽媽的真實身分是？

語言不通的外星人

童話故事裡的公主

過度診療的專科醫師

煩惱者

發怒的浩克

邪惡的巫婆

咆哮的老虎

只會睡覺的樹懶

頑固的石頭

24小時監視器

萬能床

永遠關不掉的鬧鐘

母親研究習題

1 凌晨三點鐘，未滿百日的嬰兒在漆黑的房間裡哇哇大哭，
請問，下列選項中，哪一個會在聽聞哭聲後最快抵達房間？

① ② ③ ④ ⑤

2 左圖描繪了母親用餐時的模樣，
請問，母親選擇站著吃飯的原因是什麼？

① 純粹喜歡站著用餐
② 站著用餐食物會比較好吃
③ 反正坐下後沒多久又要站起來
④ 坐下後就很難再起身
⑤ 站著吃比較容易消化

3 母親總是攜帶一個大包包，裡面裝著各式各樣的物品。
請從下列物品當中，選出不屬於母親的東西（可複選）。

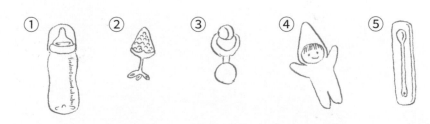

① ② ③ ④ ⑤

4 右圖是母親外出時的模樣。
肩膀一邊揹著大包包，
另一邊扛著輕便型嬰兒推車。
請問，母親為何要同時用雙肩攜帶物品？

① 如果只用單邊肩膀看起來會不平衡
② 想要展現自己力大無窮
③ 為了練出肌肉
④ 都是寶寶需要用的東西
⑤ 帶愈多看起來愈厲害

5 母親只要見到阿嬤就會整日昏睡，
而阿嬤也會阻止寶寶吵醒母親。
請問，阿嬤這麼做的理由是什麼？

① 徹底愛上母親睡著的模樣
② 母親醒來的話家裡會雞犬不寧
③ 阿嬤有話要單獨對寶寶說
④ 純粹出於無聊
⑤ 阿嬤就是媽媽的媽媽

我的媽媽觀察日記

◎ 設定一項想要了解的關於母親的主題，並開始進行觀察。

觀察期間：

觀察地點：

觀察紀錄：

發現的事：

◎ 仔細觀察母親的臉、手、腳，並將這些部位描繪出來。

媽媽是和寶寶一起誕生的「新生兒」。
有關寶寶的研究報告堆積如山，但對新手媽媽的研究卻仍屬未知領域。
為什麼都沒有人對於剛誕生的母親感到好奇？
一想到她們身處在凡事都是第一次經歷的全新世界裡，
我決定為那些孤軍奮戰的媽媽們，寫下這本書。

權廷玟

作者 權廷玟 (권정민)

親自繪圖編寫的著作有，《怪異國度的圖畫辭典》(이상한 나라의 그림 사전)、《我們對您有些了解》(우리는 당신에 대해 조금 알고 있습니다)、《聰明豬的指南書》(지혜로운 멧돼지가 되기 위한 지침서，好大一間出版社，二〇一八)。

catch 281
寶寶眼中的媽媽圖鑑
엄마 도감

作者 權廷玟｜譯者 尹嘉玄｜責任編輯 陳柔君｜設計 J.C. CHEN｜出版者 大塊文化出版股份有限公司｜105022 台北市南京東路四段25號11樓 www.locuspublishing.com｜讀者服務專線 0800-006-689｜TEL（02）8712-3898｜FAX（02）8712-3897｜郵撥帳號 1895-5675｜戶名 大塊文化出版股份有限公司｜法律顧問 董安丹律師、顧慕堯律師｜總經銷 大和書報圖書股份有限公司｜地址 新北市新莊區五工五路2號｜TEL（02）8990-2588

初版一刷 2022年5月
初版二刷 2022年6月
定　　價 新台幣360元
ISBN 978-626-7118-24-5

The Mummy Book（엄마 도감）
Text and Illustration © Jungmin Kwon, 2021（權廷玟）
All rights reserved.
This Traditional Chinese Edition was published by LOCUS PUBLISHING COMPANY in 2022, by arrangement with Woongjin Think Big Co., Ltd. through Rightol Media Limited.
（本書中文繁體版權經由銳拓傳媒旗下小銳取得Email:copyright@rightol.com）